De l'amour

27 rue de Lorgeril - 35000 Rennes
graphisme : Mireille Lacour
composition : Jacqueline Veillard
editionslapartcommune@gmail.com
http://www.lapartcommune.com

Madame de Staël

De l'amour

Présenté
par Élodie Dufour

LA PART COMMUNE

Fille des Lumières, Germaine de Staël (1766-1817) a vingt-trois ans lorsqu'éclate la Révolution. Un temps, elle espère l'avènement d'un âge d'or, mais elle est bientôt détrompée. Exilée par le Comité de salut public en 1795, bannie ensuite par Napoléon qui la surveille comme le lait sur le feu, redoutant son influence sur l'élite intellectuelle, elle poursuit dès lors une vie d'exil à travers l'Europe.

Digne fille d'un père ministre des Finances de Louis XVI, Jacques Necker, elle évolue très jeune dans les sphères du pouvoir. De l'aveu même de ses ennemis, cette femme du monde avait aussi l'étoffe d'une vraie femme politique. Faute de pouvoir occuper une quelconque charge – les fonctions officielles n'appartenant qu'aux hommes –, elle écrit. Et en écrivant, elle prend la revanche de sa mère, dont les élans littéraires ont été réprimés.

C'est déjà largement dépasser les prérogatives des femmes, et elle aura à souffrir des invectives visant son statut de « femme publique » – expression dont le double sens éclaire les représentations de l'époque : une femme qui se mêle des affaires publiques est une femme impudique. Or Germaine de Staël, de qui Benjamin Constant écrit dans son journal qu'il y a en elle « de quoi faire dix ou douze hommes distingués », déplore la condition des femmes de son temps. Précisément, en abordant le thème de l'amour, elle traite du « seul sentiment qui puisse dédommager les femmes des peines que la nature et la société leur imposent » (Delphine).

C'est pendant la Terreur que Madame de Staël, alors en Angleterre, entreprend la rédaction de son essai De l'influence des passions sur le bonheur des individus et des nations, *qu'elle terminera de rédiger en exil, en 1796, aux côtés de son amant Benjamin Constant.*

Cette œuvre de vaste portée, beaucoup

moins connue aujourd'hui que d'autres de ses essais (De la littérature, *1800 ou* De l'Allemagne*, 1813*) *ou que ses romans* (Delphine, *1802 et* Corinne, *1807*)*, examine le fond de l'âme humaine. Comme pour prendre à contrepied les thèses développées par Mandeville dans* La Fable des abeilles (*1714*)*, elle passe au crible les passions nuisibles au bonheur collectif : l'amour de la gloire, l'ambition, la vanité, l'envie ou encore la vengeance. Mais à ces néfastes inclinations répondent d'autres aspirations, qui peuvent, elles, contribuer au bonheur commun. Cette anthologie réunit les chapitres consacrés aux différentes formes d'amour, pour appréhender, sans angélisme, leurs bienfaits mais aussi les dommages dont ils peuvent être cause. Ces chapitres ont pour titre « De l'amour », « De l'amitié » et « De la tendresse filiale, paternelle et conjugale ».*

De l'amour

Si l'Être Tout-Puissant, qui a jeté l'homme sur cette terre, a voulu qu'il conçut l'idée d'une existence céleste, il a permis que dans quelques instants de sa jeunesse, il put aimer avec passion, il put vivre dans un autre, il put compléter son être en l'unissant à l'objet qui lui était cher. Pour quelques temps, du moins, les bornes de la destinée de l'homme, l'analyse de la pensée, la méditation de la philosophie se sont perdues dans le vague d'un sentiment délicieux ; la vie qui pèse était entraînante, et le but, qui toujours paraît au-dessous des efforts, semblait les surpasser tous. L'on ne cesse point de mesurer ce qui se rapporte à soi ; mais les qualités, les charmes, les jouissances, les intérêts de ce qu'on aime, n'ont de terme que dans notre imagination. Ah ! qu'il est heureux le jour où l'on expose sa vie pour l'unique ami dont notre âme a fait choix ! le jour, où quelque acte d'un dévouement absolu lui donne au moins une idée du sentiment qui oppressait le cœur par l'impossibilité de l'exprimer ! Une femme dans ces temps affreux, dont nous avons vécu contemporains[1] ; une femme condamnée à mort avec celui qu'elle aimait, laissant bien loin d'elle le secours du courage, marchait au supplice avec joie, jouissait d'avoir échappé au tourment de survivre, était fière de partager le sort de son amant, et présageant, peut-être, le terme où elle pouvait perdre l'amour qu'il avait pour elle, éprouvait un sentiment féroce et tendre, qui lui faisait chérir la mort comme une réunion éternelle. Gloire, ambition, fanatisme, votre enthousiasme a des intervalles, le sentiment seul enivre chaque instant, rien ne lasse de s'aimer ; rien ne fatigue dans cette inépuisable

1. Madame de Staël écrit au lendemain de la Terreur. (*Note de l'éditeur.*)

source d'idées et d'émotions heureuses ; et tant qu'on ne voit, qu'on n'éprouve rien que par un autre, l'univers entier est lui sous des formes différentes, le printemps, la nature, le ciel sont les lieux qu'il a parcourus ; les plaisirs du monde, c'est ce qu'il a dit, ce qui lui a plu, les amusements qu'il a partagés, ses propres succès à soi-même, c'est la louange qu'il a entendue, et l'impression que le suffrage de tous a pu produire sur le jugement d'un seul. Enfin, une idée unique est ce qui cause à l'homme le plus grand bonheur ou la folie du désespoir. Rien ne fatigue l'existence comme ces intérêts divers dont la réunion a été considérée comme un bon système de félicité, en fait de malheur on n'affaiblit pas ce qu'on divise, après la raison qui dégage de toutes les passions : ce qu'il y a de moins malheureux encore, c'est de s'abandonner entièrement à une seule ; sans doute ainsi l'on s'expose à recevoir la mort de ses propres affections. Mais le premier but qu'on doit se proposer, en s'occupant du sort des hommes, n'est pas la conservation de leur vie ; le sceau de leur nature immortelle est de n'estimer l'existence physique qu'avec la possession du bonheur moral.

C'est par le secours de la réflexion, c'est en écartant de moi l'enthousiasme de la jeunesse que je considérerai l'amour, ou, pour mieux m'exprimer, le dévouement absolu de son être aux sentiments, au bonheur, à la destinée d'un autre, comme la plus haute idée de félicité qui puisse exalter l'espérance de l'homme. Cette dépendance d'un seul objet affranchit si bien du reste de la terre, que l'être sensible qui a besoin d'échapper à toutes les prétentions de l'amour-propre, à tous les soupçons de la calomnie, à tout ce qui flétrit enfin dans les relations qu'on entretient avec les hommes, l'être sensible trouve dans cette passion quelque chose de solitaire et de concentré, qui inspire à l'âme l'élévation de la philosophie, et l'abandon du sentiment. On échappe au monde par des intérêts plus vifs que tous ceux qu'il peut donner ; on jouit du calme de la pensée et du mouvement du cœur ; et dans la plus profonde solitude, la vie de l'âme est plus active que sur le trône des Césars. Enfin, à quelque époque de l'âge qu'on transportât un sentiment qui vous aurait dominé depuis votre jeunesse, il n'est pas un moment où d'avoir vécu pour un autre ne fût plus doux que d'avoir existé pour soi, où cette pensée ne dégageât tout à la fois des remords et des incertitudes. Quand on n'a pour but que son propre avantage, comment peut-on parvenir à se décider sur rien ; le désir échappe, pour ainsi dire, à l'examen qu'on en fait ; l'événement amène souvent un résultat si contraire à notre attente, que l'on se repent de tout ce qu'on a essayé, qu'on se lasse de son propre intérêt comme toute autre entreprise. Mais quand c'est au premier objet de ses affections que la vie est consacrée, tout est positif, tout est déterminé, tout est entraînant, *il le veut, il en a besoin, il en sera plus heureux ; un instant de sa journée pourra s'embellir au prix de tels efforts.* C'est assez pour diriger le cours entier de la destinée, plus de vague, plus de découragement, c'est la seule jouissance de l'âme qui la remplisse en entier, s'agrandisse avec elle, et se proportionnant à nos facultés, nous assure l'exercice et la jouissance de toutes. Quel est l'esprit supérieur qui ne trouve pas dans un véritable sentiment le développement d'un plus grand nombre de pensées, que dans aucun écrit, dans aucun ouvrage qu'il puisse ou composer ou lire ? Le plus grand triomphe du génie c'est de deviner la passion ; qu'est-ce qu'elle-même ? Les succès de l'amour propre, le dernier degré des jouissances de la personnalité, la gloire, que vaut-elle auprès d'être aimé ? Qu'on se demande ce que l'on préférerait, d'être Aménaïde[2] ou Voltaire ? Ah ! tous ces écrivains, ces grands hommes, ces conquérants s'efforcent d'obtenir une seule des émotions que l'amour jette comme par torrent dans la vie. Des années de peines et d'efforts leur valent un jour, une heure de cet enivrement qui dérobe l'existence ; et le sentiment fait éprouver, pendant toute sa durée, une suite d'impressions aussi vives et plus pures que le couronnement de Voltaire, ou le triomphe d'Alexandre.

---

2. Héroïne d'une tragédie de Voltaire, *Tancrède* (1760). (*Note de l'éditeur*.)

C'est hors de soi que sont les seules jouissances indéfinies. Si l'on veut sentir le prix de la gloire, il faut voir ce qu'on aime honoré par son éclat ; si l'on veut apprendre ce que vaut la fortune, il faut lui avoir donné la sienne ; enfin, si l'on veut bénir le don inconnu de la vie, il faut qu'il ait besoin de votre existence, et que vous puissiez considérer en vous le soutien de son bonheur.

Dans quelque situation qu'une profonde passion nous place, jamais je ne croirai qu'elle éloigne de la véritable route de la vertu ; tout est sacrifice, tout est oubli de soi dans le dévouement exalté de l'amour, et la personnalité seule avilit ; tout est bonté, tout est pitié dans l'être qui sait aimer, et l'inhumanité seule bannit toute moralité du cœur de l'homme. Mais s'il est dans l'univers deux êtres qu'un sentiment parfait réunit, et que le mariage a lié l'un à l'autre, que tous les jours à genoux ils bénissent l'Être Suprême ; qu'ils voient à leurs pieds l'univers et ses grandeurs, qu'ils s'étonnent, qu'ils s'inquiètent même d'un bonheur qu'il a fallu tant de chances diverses pour assurer, d'un bonheur qui les place à une si grande distance du reste des hommes ; oui, qu'ils s'effrayent d'un tel sort. Peut-être, pour qu'il ne fût pas trop supérieur au nôtre, ont-ils déjà reçu tout le bonheur que nous espérons dans l'autre vie ; peut-être que pour eux il n'est pas d'immortalité.

J'ai vu, pendant mon séjour en Angleterre, un homme du plus rare mérite, uni depuis vingt-cinq ans à une femme digne de lui : un jour, en nous promenant ensemble, nous rencontrâmes ce qu'on appelle en anglais des *Gipsies*, des Bohémiens, errant souvent au milieu des bois, dans la situation la plus déplorable ; je les plaignais de réunir ainsi tous les maux physiques de la nature. *Eh bien*, me dit alors M. L., *si, pour passer ma vie avec elle, il avait fallu me résigner à cet état, j'aurais mendié depuis trente ans, et nous aurions encore été bien heureux!* Ah ! oui, s'écria sa femme, *ainsi même encore nous aurions été les plus heureux des êtres !* Ces mots ne sont jamais sortis de mon cœur. Ah ! qu'il est beau ce sentiment qui, dans l'âge avancé, fait éprouver une passion peut-être plus profonde encore que dans la jeunesse ; une passion qui rassemble dans l'âme tout ce que le temps enlève aux sensations ; une passion qui fait de la vie un seul souvenir, et dérobant à sa fin tout ce qu'a d'horrible l'isolement et l'abandon, vous assure de recevoir la mort dans les mêmes bras qui soutinrent votre jeunesse, et vous entraînèrent aux liens brûlants de l'amour. Quoi ! c'est dans la réalité des choses humaines qu'il existe un tel bonheur et toute la terre en est privé, et presque jamais l'on ne peut rassembler les circonstances qui le donnent ! Cette réunion est possible et l'obtenir pour soi ne l'est pas : il est des cœurs qui s'entendent, et le hasard, et les distances, et la nature, et la société séparent sans retour ceux qui se seraient aimés pendant tout le cours de leur vie, et les mêmes puissances attachent l'existence à qui n'est pas digne de vous, ou ne vous entend pas, ou cesse de vous entendre.

Malgré le tableau que j'ai tracé, il est certain que l'amour est de toutes les passions la plus fatale au bonheur de l'homme. Si l'on savait mourir, on pourrait encore se risquer à l'espérance d'une si heureuse destinée, mais l'on abandonne son âme à des sentiments qui décolorent le reste de l'existence ; on éprouve, pendant quelques instants, un bonheur sans aucun rapport avec l'état habituel de la vie, et l'on veut survivre à sa perte ; l'instinct de la conservation l'emporte sur le mouvement du désespoir, et l'on existe, sans qu'il puisse s'offrir dans l'avenir une chance de retrouver le passé, une raison même de ne pas cesser de souffrir, dans la carrière des passions, dans celle surtout d'un sentiment qui, prenant sa source dans tout ce qui est vrai, ne peut être consolé par la réflexion même : il n'y a que les hommes capables de la résolution de se tuer[3] qui puissent, avec quelque ombre de sagesse, tenter cette grande route de bonheur : mais qui veut vivre et s'expose à rétrograder ; mais qui veut vivre et renonce, d'une manière quelconque à l'empire de soi-même, se voue comme un insensé au plus cruel des malheurs.

La plupart des hommes, et même un grand nombre de femmes, n'ont aucune idée du sentiment tel que je viens de le peindre, et Newton a plus de juges que la véritable passion de l'amour. Une sorte de ridicule s'est attaché à ce qu'on appelle des sentiments romanesques, et ces pauvres esprits, qui mettent tant d'importance à tous les détails de leur amour propre, ou de leurs intérêts, se sont

---

3. Je crains qu'on ne m'accuse d'avoir parlé trop souvent, dans le cours de cet ouvrage, du suicide comme d'un acte digne de louange ; je ne l'ai point examiné sous le rapport toujours respectable des principes religieux, mais politiquement. Je crois que les républiques ne peuvent se passer du sentiment qui portait les Anciens à se donner la mort ; et dans les situations particulières, les âmes passionnées qui s'abandonnent à leur nature ont besoin d'envisager cette ressource pour ne pas se dépraver dans le malheur, et plus encore, peut-être, au milieu des efforts qu'elles tentent pour l'éviter. (*Note de l'auteur.*)

établis comme d'une raison supérieure à ceux dont le caractère a transporté dans un autre l'égoïsme, que la société considère assez dans l'homme qui s'occupe exclusivement de lui-même. Des têtes fortes regardent les travaux de la pensée, les services rendus au genre humain, comme seuls dignes de l'estime des hommes. Il est quelques génies qui ont le droit de se croire utiles à leurs semblables, mais combien peu d'êtres peuvent se flatter de quelque chose de plus glorieux que d'assurer à soi seul la félicité d'un autre : des moralistes sévères craignent les égarements d'une telle passion. Hélas ! de nos jours, heureuse la nation, heureux les individus qui dépendraient des hommes susceptibles d'être entraînés par la sensibilité ! Mais, en effet, tant de mouvements passagers ressemblent à l'amour, tant d'attraits d'un tout autre genre prennent, ou chez les femmes par vanité, ou chez les hommes dans leur jeunesse, l'apparence de ce sentiment, que ces ressemblances avilies ont presque effacé le souvenir de la vérité même. Enfin, il est des caractères aimants, qui, profondément convaincus de tout ce qui s'oppose au bonheur de l'amour, des obstacles que rencontrent et sa perfection, et surtout sa durée, effrayés des chagrins de leur propre cœur, des inconséquences de celui d'un autre, repoussent, par une raison courageuse, et par une sensibilité craintive, tout ce qui peut entraîner la passion : c'est de toutes ces causes que naissent et les erreurs adoptées, même par les philosophes, sur la véritable importance des attachements du cœur, et les douleurs sans borne qu'on éprouve en s'y livrant.

Il n'est pas vrai, malheureusement, qu'on ne soit jamais entraîné que par les qualités qui promettent une ressemblance certaine entre les caractères et les sentiments : l'attrait d'une figure séduisante, cette espèce d'avantage qui permet à l'imagination de supposer à tous les traits qui la captivent, l'expression qu'elle souhaite, agit fortement sur un attachement, qui ne peut se passer d'enthousiasme ; la grâce des manières, de l'esprit, de la parole, la grâce, enfin, comme plus indéfinissable que tout autre charme, inspire ce sentiment qui, d'abord, ne se rendant pas compte de lui-même, naît souvent de ce qu'il ne peut s'expliquer. Une telle origine ne peut garantir ni le bonheur, ni la durée d'une liaison ; cependant, dès que l'amour existe, l'illusion est complète ; et rien n'égale le désespoir que fait éprouver la certitude d'avoir aimé un objet indigne de soi. Ce funeste trait de lumière frappe la raison avant d'avoir détaché le cœur ; poursuivi par l'ancienne opinion à laquelle il faut renoncer, on aime encore en mésestimant ; on se conduit comme si l'on espérait ; en souffrant, comme s'il n'existait plus d'espérance, on s'élance vers l'image qu'on s'était créée ; on s'adresse à ces mêmes traits qu'on avait regardés jadis comme l'emblème de la vertu, et l'on est repoussé par ce qui est bien plus cruel que la haine, par le défaut de toutes émotions sensibles et profondes : on se demande, si l'on est d'une autre nature, si l'on est insensé dans ses mouvements ; on voudrait croire à sa propre folie, pour éviter de juger le cœur de ce qu'on aimait ; le passé même ne reste plus pour faire vivre de souvenirs : l'opinion qu'on est forcé de concevoir se rejette sur les temps où l'on était déçu ; on se rappelle ce qui devait éclairer, alors le malheur s'étend sur toutes les époques de la vie, les regrets tiennent du remords, et la mélancolie, dernier espoir des malheureux, ne peut plus adoucir ces repentirs, qui vous agitent, qui vous dévorent, et vous font craindre la solitude sans vous rendre capable de distraction.

Si, au contraire, il a existé dans la vie un heureux moment où l'on était aimé ; si l'être qu'on avait choisi était sensible, était généreux, était semblable à ce qu'on croit être, et que le temps, l'inconstance de l'imagination, qui détache même le cœur, un autre objet, moins digne de sa tendresse, vous ait ravi cet amour dont dépendait toute votre existence, qu'il est dévorant le malheur qu'une telle destruction de la vie fait éprouver ; le premier instant où ces caractères, qui tant de fois avaient tracé les serments les plus sacrés de l'amour, gravent en traits d'airain que vous avez cessé d'être aimé ; alors que, comparant ensemble les lettres de la même main, vos yeux peuvent à peine croire que l'époque elle seule en explique la différence, lorsque cette voix, dont les accents vous suivent dans la solitude, retentissaient à votre âme ébranlée, et semblaient rendre présents encore les plus doux souvenirs ; lorsque cette voix vous parle, sans émotion, sans être brisée, sans trahir un mouvement du cœur, ah ! pendant longtemps encore la passion que l'on ressent rend impossible de croire qu'on ait cessé d'intéresser l'objet de sa tendresse : il semble que l'on éprouve un sentiment qui doit se communiquer ; il semble qu'on n'est séparé que par une barrière qui ne vient point de sa volonté ; qu'en lui parlant, en le voyant, il ressentira le passé, il retrouvera ce qu'il a éprouvé ; que des cœurs qui se sont tout confiés ne peuvent cesser de s'entendre, et rien ne peut faire renaître l'entraînement dont une autre a le secret, et vous savez qu'il est heureux loin de vous, qu'il est heureux souvent par l'objet qui vous rappelle le moins ; les traits de sympathie sont restés en vous seule, leur rapport est anéanti. Il faut pour jamais renoncer à voir celui dont la présence renouvellerait vos souvenirs, et dont les discours les rendraient plus amers ; il faut errer dans les lieux où il vous a aimée, dans ces lieux dont l'immobilité est là pour attester le changement de tout le reste ; le désespoir est au fond du cœur, tandis que mille devoirs, que la fierté même commande de le cacher, on n'attire la pitié par aucun malheur apparent ; seule en secret, tout votre être a passé de la vie à la mort. Quelle ressource dans le monde peut-il exister contre une telle douleur ? Le courage de se tuer ; mais dans cette situation, le secours même de cet acte terrible est privé de la sorte de douceur qu'on peut y attacher ; l'espoir d'intéresser après soi, cette immortalité si nécessaire aux âmes sensibles, est ravie pour jamais à celle qui n'espère plus de regrets. C'est là mourir en effet, que n'affliger, ni punir, ni rattacher dans son souvenir l'objet qui vous a trahi ; et le laisser à celle qu'il préfère est une image de douleur qui se place au-delà du tombeau, comme si cette idée devait vous suivre.

La jalousie, cette passion terrible dans sa nature, alors même qu'elle n'est pas excitée par l'amour, rend l'âme frénétique, quand toutes les affections du cœur sont réunies aux ressentiments les plus vifs de l'amour propre. Tout n'est pas amour dans la jalousie comme dans le regret de n'être plus aimé ; la jalousie inspire le besoin de la vengeance, le regret ne fait naître que le désir de mourir : la jalousie est une situation plus pénible, parce qu'elle se compose de sensations opposées, parce qu'elle est mécontente d'elle-même ; elle se repent, elle se dévore, et la douleur n'est supportable que lorsqu'elle jette dans l'abattement. Les affections qui forcent à s'agiter dans le malheur accroissent la peine par chaque mouvement qu'on fait pour l'éviter. Les affections qui mêlent ensemble l'orgueil et la tendresse sont les plus cruelles de toutes ; ce que vous éprouvez de sensible affaiblit le ressort que vous trouveriez dans l'orgueil, et l'amertume qu'il inspire empoisonne la douceur que portent avec elles les peines du cœur, alors même qu'elles tuent.

À côté des malheurs causés par le sentiment, c'est peu que les circonstances extérieures qui peuvent troubler l'union des cœurs ; quand on n'est séparé que par des obstacles étrangers au sentiment réciproque, on souffre, mais l'on peut et rêver et se plaindre : la douleur n'est point attachée à ce qu'il y a de plus intime dans la pensée, elle peut se prendre au-dehors de soi ; cependant des âmes d'une vertu sublime ont trouvé dans elles-mêmes des combats insurmontables ; Clémentine[4] peut se rencontrer dans la réalité, et mourir au lieu de triompher. C'est ainsi que dans des degrés différents, l'amour bouleverse le sort des cœurs sensibles qui l'éprouvent.

Il est un dernier malheur dont la pensée n'ose approcher, c'est la perte sanglante de ce qu'on aime, c'est cette séparation terrible qui menace chaque jour tout ce qui respire, tout ce qui vit sous l'empire de la mort. Ah ! cette douleur, sans bornes, est la moins

---

4. Peut-être s'agit-il d'un personnage des *Nouvelles lettres anglaises ou Histoire du chevalier Grandisson* (1755), roman de Samuel Richardson traduit par l'Abbé Prévost. (*Note de l'éditeur.*)

redoutable de toutes : comment survivre à l'objet dont on était aimé, à l'objet qu'on avait choisi pour l'appui de sa vie, à celui qui faisait éprouver l'amour tel qu'il anime un caractère tout entier créé pour le ressentir ? Quoi ! l'on croirait possible d'exister dans un monde qu'il n'habitera plus, de supporter des jours qui ne le ramèneront jamais, de vivre de souvenirs dévorés par l'éternité, de croire entendre cette voix dont les derniers accents vous furent adressés, rappeler vers elle, en vain, l'être qui fut la moitié de sa vie, et lui reprocher les battements d'un cœur qu'une main chérie n'échauffera plus ?

Ce que j'ai dit s'applique presque également aux deux sexes ; il me reste à considérer ce qui nous regarde particulièrement. Oh, femmes ! vous, les victimes du temple où l'on vous dit adorées, écoutez-moi.

La nature et la société ont déshérité la moitié de l'espèce humaine ; force, courage, génie, indépendance, tout appartient aux hommes, et s'ils environnent d'hommages les années de notre jeunesse, c'est pour se donner l'amusement de renverser un trône ; c'est comme on permet aux enfants de commander, certains qu'ils ne peuvent forcer d'obéir. Il est vrai, l'amour qu'elles inspirent donne aux femmes un moment de pouvoir absolu, mais c'est dans l'ensemble de la vie, dans le cours même d'un sentiment, que leur destinée déplorable reprend son inévitable empire.

L'amour est la seule passion des femmes ; l'ambition, l'amour de la gloire même leur vont si mal, qu'avec raison, un très petit nombre s'en occupent. Je l'ai dit, en parlant de la vanité ; pour une qui s'élève, mille s'abaissent au-dessous de leur sexe, en en quittant la carrière ; à peine la moitié de la vie peut-elle être intéressée par l'amour, il reste encore trente ans à parcourir quand l'existence est déjà finie. L'amour est l'histoire de la vie des femmes, c'est un épisode dans celle des hommes ; réputation, honneur, estime, tout dépend de la conduite qu'à cet égard les femmes ont tenue, tandis que les lois de la moralité même, selon l'opinion d'un monde injuste, semblent suspendues dans les rapports des hommes avec les femmes ; ils peuvent passer pour bons, et leur avoir causé la plus affreuse douleur que la puissance humaine puisse produire dans une autre âme ; ils peuvent passer pour vrais, et les avoir trompées : enfin, ils peuvent avoir reçu d'un femme les services, les marques de dévouement qui lieraient ensemble deux amis, deux compagnons d'armes, qui déshonoreraient l'un des deux s'il se montrait capable de les oublier ; ils peuvent les avoir reçus d'une femme, et se dégager de tout, en attribuant tout à l'amour, comme si un sentiment, un don de plus, diminuait le prix des autres. Sans doute, il est des hommes dont le caractère est une honorable exception ; mais telle est l'opinion générale sous ce rapport qu'il en est bien peu qui osassent, sans craindre le ridicule, annoncer dans les liaisons du cœur la délicatesse de principes qu'une femme se croirait obligée d'affecter si elle ne l'éprouvait pas.

On dira que peu importe au sentiment l'idée du devoir, qu'il n'en a pas besoin tant qu'il existe, et qu'il n'existe plus dès qu'il en a besoin. Il n'est pas vrai du tout que, dans la moralité du cœur humain, un lien ne confirme pas un penchant ; il n'est pas vrai qu'il n'existe pas plusieurs époques dans le cours d'un attachement, où la moralité ne resserre pas les nœuds qu'un écart de l'imagination pouvait relâcher ; les liens indissolubles s'opposent au libre attrait du cœur : mais un complet degré d'indépendance rend presque impossible une tendresse durable ; il faut des souvenirs pour ébranler le cœur, et il n'y a point de souvenirs profonds si l'on ne croit pas aux droits du passé sur l'avenir, si quelque idée de reconnaissance n'est pas la base immuable du goût qui se renouvelle ; il y a des intervalles dans tout ce qui appartient à l'imagination, et si la moralité ne les remplit pas, dans l'un de ces intervalles passagers, on se séparera pour toujours. Enfin, les femmes sont liées par les relations du cœur, et les hommes ne le sont pas : cette idée même est encore un obstacle à la durée de l'attachement des hommes ; car là où le cœur ne s'est point fait de devoir, il faut que l'imagination soit excitée par l'inquiétude, et les hommes sont sûrs des femmes, par des raisons même étrangères à l'opinion qu'ils ont de leur plus grande sensibilité ; ils en sont sûrs parce qu'ils les estiment ; ils en sont sûrs parce que le besoin de l'appui de l'homme qu'elles aiment se compose de motifs indépendants de l'attrait même. Cette certitude, cette confiance, si douce à la faiblesse, est souvent importune à la force ; la faiblesse se repose, la force s'enchaîne ; et dans la réunion des contrastes dont l'homme veut former son bonheur, plus la nature l'a fait pour régner, plus il aime à trouver d'obstacles : les femmes, au contraire, se défiant d'un empire sans fondement réel, cherchent un maître, et se plaisent à s'abandonner à sa protection ; c'est donc presque une conséquence de cet ordre fatal, que les femmes détachent en se livrant, et perdent par l'excès même de leur dévouement.

Si la beauté leur assure des succès, la beauté n'ayant jamais une supériorité certaine, le charme de nouveaux traits peut briser les liens les plus doux du cœur ; les avantages d'un caractère élevé, d'un esprit remarquable, attirent par leur éclat, mais détachent à la longue tout ce qui leur serait inférieur. Et comme les femmes ont besoin d'admirer ce qu'elles aiment, les hommes se plaisent à exercer sur leur maîtresse l'ascendant des lumières, et souvent ils hésitent entre l'ennui de la médiocrité et l'importunité de la distinction.

L'amour propre, que la société, que l'opinion publique a réuni fortement à l'amour, se fait à peine sentir dans la situation des hommes vis-à-vis des femmes : celle qui leur serait infidèle s'avilit en les offensant, et leur cœur est guéri par le mépris ; la fierté vient encore aggraver dans une femme les malheurs de l'amour ; c'est le sentiment qui fait la blessure, mais l'amour propre y jette des poisons. Le don de soi, ce sacrifice si grand aux yeux d'une femme, doit se changer en remords, en souvenir de honte, quand elle n'est plus aimée ; et lorsque la douleur, qui d'abord n'a qu'une idée, appelle enfin à son secours tous les genres de réflexions, les hommes condamnés à souffrir l'inconstance sont consolés par chaque pensée qui les attire vers un nouvel avenir ; les femmes sont replongées dans le désespoir par toutes les combinaisons qui multiplient l'étendue d'un tel malheur.

Il peut exister des femmes dont le cœur ait perdu sa délicatesse ; elles sont aussi étrangères à l'amour qu'à la vertu, mais il est encore pour celles qui méritent seules d'être comptées parmi leur sexe, il est encore une inégalité profonde dans leurs rapports avec les hommes : les affections de leur cœur se renouvellent rarement ; égarées dans la vie, quand leur guide les a trahies, elles ne savent ni renoncer à un sentiment qui ne laisse après lui que l'abyme du néant, ni renaître à l'amour dont leur âme est épouvantée. Une sorte de trouble sans fin, sans but, sans repos, s'empare de leur existence, les unes se dégradent, les autres sont plus près d'une dévotion exaltée que d'une vertu calme ; toutes au moins sont marquées du sceau fatal de la douleur : et pendant ce temps, les hommes commandent les armées, dirigent les Empires, et se rappellent à peine le nom de celles dont ils ont fait la destinée ; un seul mouvement d'amitié laisse plus de traces dans leur cœur que la passion la plus ardente ; toute leur vie est étrangère à cette époque, chaque instant y rattache le souvenir des femmes ; l'imagination des hommes a tout conquis en étant aimé ; le cœur des femmes est inépuisable en regrets, les hommes ont un but dans l'amour ; la durée de ce sentiment est le seul bonheur des femmes. Les hommes, enfin, sont aimés parce qu'ils aiment ; les femmes doivent craindre à chaque mouvement qu'elles éprouvent, et l'amour qui les entraîne, et l'amour qui va détruire le prestige qui enchaînait sur leurs pas.

Êtres malheureux ! êtres sensibles ! vous vous exposez, avec des cœurs sans défense, à ces combats où les hommes se présentent entourés d'un triple airain ; restez dans la carrière de la vertu, restez sous sa noble garde ; là il est des lois pour vous, là votre destinée a des appuis indestructibles ; mais si vous vous abandonnez au besoin d'être aimée, les hommes sont maîtres de l'opinion ; les hommes ont de l'empire sur eux-mêmes ;

les hommes renverseront votre existence pour quelques instants de la leur.

Ce n'est pas en renonçant au sort que la société leur a fixé que les femmes peuvent échapper au malheur ; c'est la nature qui a marqué leur destinée, plus encore que les lois des hommes ; et, pour cesser d'être leurs maîtresses, faudrait-il devenir leurs rivaux ? et mériter leur haine, parce qu'il faut sacrifier leur amour ? Il reste des devoirs, il reste des enfants, il reste aux mères ce sentiment sublime dont la jouissance est dans ce qu'il donne, et l'espoir dans ses bienfaits.

Sans doute, celle qui a rencontré un homme dont l'énergie n'a point effacé la sensibilité, un homme qui ne peut supporter la pensée du malheur d'un autre, et met l'honneur aussi dans la bonté, un homme fidèle aux serments que l'opinion publique ne garantit pas, et qui a besoin de la constance pour jouir du vrai bonheur d'aimer ; celle qui serait l'unique amie d'un tel homme pourrait triompher, au sein de la félicité, de tous les systèmes de la raison. Mais s'il est un exemple qui puisse donner à la vertu même des instants de mélancolie, quelle femme, toutefois, quand l'époque des passions est passée, ne s'applaudit pas de s'être détournée de leur route ? Qui pourrait comparer le calme qui suit le sacrifice et le regret des espérances trompées ? À quel prix ne voudrait-on pas n'avoir jamais aimé, n'avoir jamais connu ce sentiment dévastateur qui, semblable au vent brûlant d'Afrique, sèche dans la fleur, abat dans la force, courbe enfin vers la terre la tige qui devait croître et dominer ?

De l'amitié

Je ne puis m'empêcher de m'arrêter au milieu de cet ouvrage, m'étonnant moi-même de la constance avec laquelle j'analyse les affections du cœur, et repousse loin d'elles toute espérance de bonheur durable ; est-ce ma vie que je démens ? père, enfants, amis, amies ? est-ce ma tendresse pour vous que je vais désavouer ? Ah ! non ; depuis que j'existe je n'ai cherché, je n'ai voulu de bonheur que dans le sentiment, et c'est par mes blessures que j'ai trop appris à compter ses douleurs. Un jour heureux, un être distingué rattachent à ces illusions, et vingt fois on revient à cette espérance après l'avoir vingt fois perdue ; peut-être à l'instant où je parle, je crois, je veux encore être aimée, je laisse encore ma destinée dépendre toute entière des affections de mon cœur ; mais celui qui n'a pu vaincre sa sensibilité n'est pas celui qu'il faut moins croire sur les raisons d'y résister ; une sorte de philosophie dans l'esprit, indépendante de la nature même du caractère, permet de se juger comme un étranger, sans que les lumières influent sur les résolutions, de se regarder souffrir, sans que sa douleur soit allégée par le don de l'observer en soi-même, et la justesse des méditations n'est point altérée par la faiblesse de cœur, qui ne permet pas de se dérober à la peine : d'ailleurs, les idées générales cesseraient d'avoir une application universelle, si l'on y mêlait l'impression détaillée des situations particulières. Pour remonter à la source des affections de l'homme, il faut agrandir ses réflexions en les séparant de ses circonstances personnelles ; elles ont fait naître la pensée, mais la pensée est plus forte qu'elles, et le vrai moraliste est celui qui, ne parlant ni par invention, ni par réminiscence, peint toujours l'homme, et jamais lui.

L'amitié n'est point une passion, car elle ne vous ôte pas l'empire de vous-même ; elle n'est pas une ressource qu'on trouve en soi, puisqu'elle soumet au hasard de la destinée et du caractère des objets de son choix ; enfin, elle inspire le besoin du retour et sous ce rapport d'exigence, elle fait ressentir beaucoup des peines de l'amour, sans promettre des plaisirs aussi vifs. L'homme est placé, par toutes ses affections, dans cette triste alternative ; s'il a besoin d'être aimé pour être heureux, tout système de bonheur certain et durable est fini pour lui, et s'il sait y renoncer, c'est une grande partie de ses jouissances sacrifiées pour assurer celles qui lui resteront, c'est une réduction courageuse qui n'enrichit que dans l'avenir.

Je considérerai d'abord dans l'amitié, non ces liaisons fondées sur divers genres de convenance qu'il faut attribuer à l'ambition et à la vanité, mais ces attachements purs et vrais, nés du simple choix du cœur dont l'unique cause est le besoin de communiquer ses sentiments et ses pensées, l'espoir d'intéresser, la douce assurance que ses plaisirs et ses peines répondent à un autre cœur. Si deux amis peuvent réussir à confondre leurs existences, à transporter l'un dans l'autre ce qu'il y a d'ardent dans la personnalité ; si chacun d'eux n'éprouve le bonheur ou la peine que par la destinée de son ami ; si se confiant mutuellement dans leurs sentiments réciproques, ils goûtent le repos que donne la certitude, et le charme des affections abandonnées, ils sont heureux ; mais que de douleurs peuvent naître de la poursuite de tels biens !

Deux hommes, distingués par leurs talents, et appelés à une carrière illustre, veulent se communiquer leurs desseins, ils souhaitent de s'éclairer ensemble ; s'ils trouvent du charme dans ces conversations où l'esprit goûte aussi les plaisirs de l'intimité, où la pensée se montre à l'instant même de sa naissance, quel abandon d'amour propre il faut supposer pour croire qu'en se confiant, on ne se mesure jamais ! Qu'on exclut du tête à tête tout jugement comparatif sur le mérite de son ami et sur le sien, et qu'on s'est connu sans se classer ; je ne parle pas des rivalités perfides, qui pourraient naître d'une concurrence quelconque, je me suis attachée dans cet ouvrage à considérer les hommes selon leur caractère sous le point de vue le plus favorable. Les passions causent tant de malheurs par elles-mêmes qu'il n'est pas nécessaire, pour en détourner, de peindre leurs effets dans les âmes naturellement vicieuses ; nul homme, à l'avance, ne se croyant capable de commettre une mauvaise action, ce genre de danger n'effraie personne, et lorsqu'on le suppose, on se donne seulement pour adversaire l'orgueil de son lecteur. Imaginons donc qu'une ambition pareille, ou contraire, ne brouillera point deux amis : comme il est impossible de séparer l'amitié des actions qu'elle inspire, les services réciproques sont un des liens qui doivent nécessairement en résulter ; et qui peut se répondre que le succès des efforts de son ami n'influera pas sur vos sentiments pour lui ! Si l'on n'est pas content de l'activité de son ami, si l'on croit avoir à s'en plaindre, à la perte de l'objet de ses désirs viendra bientôt se joindre le chagrin plus amer de douter du degré d'intérêt que votre ami mettait à vous seconder. Enfin, en mêlant ensemble le sentiment et les affaires, les intérêts du monde et ceux du cœur, on éprouve une sorte de peine qu'on ne veut pas démêler, parce qu'il est plus honorable de l'attribuer au sentiment seul ; mais qui se compose aussi d'une autre sorte de regrets, rendus plus douloureux par leur mélange avec les affections de l'âme. Il semble alors qu'il vaudrait mieux séparer entièrement l'amitié de tout ce qui n'est pas elle ; mais son plus grand charme serait perdu, si elle ne s'unissait pas à votre existence entière : ne sachant pas, comme l'amour, vivre d'elle-même, il faut qu'elle partage tout ce qui compose vos intérêts et vos sentiments, et c'est à la découverte, à la conservation de cet autre soi, que tant d'obstacles s'opposent.

Les anciens avaient une idée exaltée de l'amitié, qu'ils peignaient sous les traits de

Thésée et de Pirithoüs, d'Oreste et de Pylade, de Castor et de Pollux[5] ; mais, sans s'arrêter à ce qu'il y a de mythologique dans ces histoires, c'est à des compagnons d'armes que l'on supposait de tels sentiments, et les dangers que l'on affronte ensemble, en apprenant à braver la mort, rendent plus facile le dévouement de soi-même à un autre. L'enthousiasme de la guerre excite toutes les passions de l'âme, remplit les vides de la vie, et par la présence continuelle de la mort, fait taire la plupart des rivalités, pour leur substituer le besoin de s'appuyer l'un sur l'autre, de lutter, de triompher, ou de périr ensemble. Mais tous ces mouvements généreux que produit le plus beau des sentiments des hommes, la valeur, sont plutôt les qualités propres au courage qu'à l'amitié ; lorsque la guerre est finie, rien n'est moins probable que la réalité, la durée des rapports qu'on se croyait avec celui qui partageait nos périls.

Pour juger de l'amitié même, il faut

---

5. Couples d'amis célèbres de la mythologie grecque. (*Note de l'éditeur.*)

l'observer dans les hommes qui ne parcourent ni la carrière militaire, ni celle de l'ambition, et peut-être verra-t-on alors que ce sentiment est le plus exigeant de tous dans les âmes ardentes ; on veut qu'il suffise à la vie, on s'agite du vide qu'il laisse, on en accuse le peu de sensibilité de son ami, et quand on éprouverait l'un pour l'autre un sentiment semblable, on serait fatigué mutuellement de l'exigence réciproque. Je sais bien qu'au tableau de toutes ces inquiétudes, on peut opposer les êtres froids qui, aimant, comme ils font toutes les autres actions de leur vie, consacrent à l'amitié tel jour de la semaine, règlent à l'avance quel pouvoir sur leur bonheur ils donneront à ce sentiment, et s'acquittent d'un penchant comme d'un devoir ; mais j'ai déjà dit dans l'introduction de cet ouvrage que je ne voulais m'occuper que du destin des âmes passionnées, le bonheur des autres est assuré par toutes les qualités qui leur manquent.

Les femmes font habituellement de la confidence le premier besoin de l'amitié, et ce n'est plus alors qu'une conséquence de l'amour ; il faut que réciproquement une passion semblable les occupe, et leur conversation n'est souvent alors que le sacrifice alternatif fait par celle qui écoute à l'espérance de parler à son tour. La confidence même que l'on s'adresse l'une à l'autre de sentiments moins exclusifs porte avec elle le même caractère, et l'occupation qu'on a de soi est un tiers importun successivement à toutes deux. Que devient cependant le plaisir de se confier, si l'on aperçoit de l'indifférence, si l'on surprend un effort ? Tout est dit pour les âmes sensibles, et la personnalité seule peut continuer des entretiens dont l'œil pénétrant de la délicatesse a vu l'amitié fatiguée.

Les femmes, ayant toutes la même destinée, tendent toutes au même but ; et cette espèce de jalousie qui se compose du sentiment et de l'amour propre est la plus difficile à dompter. Il y a, dans la plupart d'entre elles, un art qui n'est pas de la fausseté, mais un certain arrangement de la vérité, dont elles ont toutes le secret, et dont cependant elles détestent la découverte. Jamais le commun des femmes ne pourra supporter de chercher à plaire à un homme, devant une autre femme ; il y a aussi une espèce de fortune commune à tout ce sexe en agréments, en esprit, en beauté, et chaque femme se persuade qu'elle hérite de la ruine de l'autre. Il faudrait donc ou une absence totale de sentiments vifs qui, en détruisant la rivalité, amortirait aussi toute espèce d'intérêt, ou une vraie supériorité, pour effacer la trace des obstacles généraux qui séparent les femmes entre elles ; il faut trouver autant d'agréments qu'on peut en croire, et plus de qualités positives, pour qu'il y ait du repos dans elle, et du dévouement en soi ; alors le premier bien, sans doute, est l'amitié d'une femme. Quel homme éprouva jamais tout ce que le cœur d'une femme peut souffrir ? l'être qui fut, ou serait aussi malheureux que vous, peut seul porter du secours au plus intime, au plus amer de la douleur. Mais quand cet objet unique serait rencontré, la destinée, l'absence ne pourraient-elles pas troubler le bonheur d'un tel lien ? Et d'ailleurs, celle qui croirait posséder l'ami le plus parfait et le plus sensible, l'amie la plus distinguée, sachant mieux que personne tout ce qu'il faut pour obtenir du bonheur dans de telles relations, serait d'autant plus éloignée de conseiller comme la destinée de tous, la plus rare des chances morales.

Enfin, deux amis d'un sexe différent, qui n'ont aucun intérêt commun, aucun sentiment absolument pareil, semblent devoir se rapprocher par cette opposition même ; mais si l'amour les captive, je ne sais quel sentiment, mêlé d'amour propre et d'égoïsme, fait trouver à un homme ou à une femme liés par l'amitié, peu de plaisir à s'entendre parler de la passion qui les occupe ; ces sortes de liens ou ne se maintiennent pas, ou cessent, alors qu'on n'aime plus l'objet dont on s'entretenait, on s'aperçoit tout à coup que lui seul vous réunissait. Si ces deux amis, au contraire, n'ont point de premier objet, ils voudront obtenir, l'un de l'autre, cette préférence suprême. Dès qu'un homme et une femme ne sont point attachés ailleurs par l'amour, ils cherchent dans leur amitié tout le dévouement de ce sentiment, et il y a une sorte d'exigence naturelle, entre deux personnes d'un sexe différent, qui fait demander par degrés, et sans s'en apercevoir, ce que la passion seule peut donner, quelque éloigné que l'un et l'autre soit de la ressentir ; on se soumet d'avance et sans peine à la préférence que son ami accorde à sa maîtresse ; mais on ne s'accoutume pas à voir les bornes que la nature même de son sentiment met aux preuves de son amitié ; on croit donner plus qu'on ne reçoit, par cela même qu'on est plus frappé de l'un que de l'autre, et l'égalité est aussi difficile à établir sous ce rapport que sous tous les autres ; cependant elle est le but où tendent ceux qui se livrent à ce lien. L'amour se passerait bien plutôt de réciprocité que l'amitié ; là où il existe de l'ivresse, on peut suppléer à tout par de l'erreur, mais l'amitié ne peut se tromper, et lorsqu'elle compare, elle n'obtient presque jamais le résultat qu'elle désire, ce qu'on mesure paraît si rarement égal ; il y a quelquefois plus de parité dans les extrêmes, et les sentiments sans bornes se croient plus aisément semblables.

Quelles tristes pensées ces analyses ne font-elles pas naître sur la destinée de l'homme ! Quoi, plus le caractère est susceptible d'attachements passionnés, plus il faut craindre de faire dépendre son bonheur du besoin d'être aimé : est-ce une réflexion qui doive livrer à la froide personnalité ? Ce serait, au contraire, cette réflexion même qui devrait conduire à penser qu'il faut éloigner de toutes les affections de l'âme jusqu'à l'égoïsme du sentiment. Contentez-vous d'aimer, vous, qui êtes nés sensibles ; c'est là l'espoir qui ne trompe jamais. Sans doute, l'homme qui s'est vu l'objet de la passion la plus profonde, qui recevait à chaque instant une nouvelle preuve de la tendresse qu'il inspirait, éprouvait des émotions plus enivrantes ; ces plaisirs, non créés par soi, ressemblent aux dons du ciel, ils exaltent la destinée ; mais ce bonheur d'un jour gâte toute la vie, le seul trésor intarissable, c'est son propre cœur. Celui qui consacre sa vie au bonheur de ses amis et de sa famille ; celui qui, prévenant tous les sacrifices, ignore à jamais où se serait arrêté l'amitié qu'il inspire ; celui qui, n'existant que dans les autres, ne peut plus mesurer ce qu'ils feraient pour lui ; celui qui trouve, dans les jouissances qu'il donne, le prix des sentiments qu'il éprouve ; celui dont l'âme est si agissante pour la félicité des objets de sa tendresse qu'il ne lui reste aucun de ces moments de vague où la rêverie enfante l'inquiétude et le reproche, celui-là peut, sans crainte, s'exposer à l'amitié.

Mais un tel dévouement n'a presque point d'exemple entre des égaux ; il peut exister, causé par l'enthousiasme ou par un devoir quelconque ; mais il n'est presque jamais possible dans l'amitié, dont la nature est d'inspirer le funeste besoin d'un parfait retour ; et c'est, parce que le cœur est fait ainsi, que je me suis réservé de peindre la bonté comme une ressource plus assurée que l'amitié, et meilleur pour le repos des âmes passionnément sensibles.

De la tendresse filiale, paternelle et conjugale

Ce qu'il y a de plus sacré dans la morale, ce sont les liens des parents et des enfants : la nature et la société reposent également sur ce devoir, et le dernier degré de la dépravation est de braver l'instinct involontaire qui, dans ces relations, nous inspire tout ce que la vertu peut commander. Il y a donc toujours un bonheur certain attaché à de tels liens, l'accomplissement de ses devoirs. Mais j'ai dit dans l'introduction de cet ouvrage qu'en considérant toujours la vertu comme la base de l'existence de l'homme, je n'examinerais les devoirs et les affections que dans leur rapport avec le bonheur ; il s'agit donc de savoir maintenant quelles jouissances de sentiment les pères et les enfants peuvent attendre les uns des autres.

Le même principe, fécond en conséquences, s'applique à ces affections comme à tous les attachements du cœur ; si l'on y livre son âme assez vivement pour éprouver le besoin impérieux de la réciprocité, le repos cesse et le malheur commence. Il y a dans ces liens une inégalité naturelle qui ne permet jamais une affection de même genre, ni au même degré ; l'une des deux est plus forte, et par cela même trouve des torts à l'autre, soit que les enfants chérissent leurs parents plus qu'ils n'en sont aimés, soit que les parents éprouvent pour leurs enfants plus de sentiments qu'ils ne leur en inspirent.

Commençons par la première supposition. Les parents ont, pour se faire aimer de leurs enfants dans leur jeunesse, beaucoup des avantages et des inconvénients des rois ; on attend d'eux beaucoup moins qu'on ne leur donne ; on est flatté du moindre effort, on juge tout ce qu'ils font pour vous d'une manière relative, et cette sorte de mesure comparative est bien plus aisément satisfaite ; ce n'est jamais d'après ce qu'on désire, mais d'après ce qu'on a coutume d'attendre, qu'on apprécie leur conduite avec vous ; et il est bien plus facile de causer une agréable surprise à l'habitude qu'à l'imagination. Les parents adoptent donc, presque toujours par calcul autant que par inclination, cette sorte de dignité qui se voile ; ils veulent être jugés par ce qu'ils cachent, ils veulent qu'on se rappelle leurs droits à l'instant même où ils consentent à les oublier ; mais ce prestige, comme tous, ne peut faire effet que pendant un temps. Le sentiment, usurpateur, veut chaque jour de nouvelles conquêtes : alors même qu'il a tout obtenu, il s'afflige souvent de ce qui manque à la nature de l'homme pour aimer ; comment supporterait-il d'être tenu volontairement à une certaine distance ? Le cœur tend à l'égalité, et quand la reconnaissance se change en véritable tendresse, elle perd son caractère de soumission et de déférence : celui qui aime ne croit plus rien devoir ; il place au-dessus des bienfaits leur inépuisable source, le sentiment, et si l'on veut toujours maintenir les différences, les supériorités, le cœur se blesse et se retire ; les parents cependant ne savent, ou ne veulent presque jamais adopter ce nouveau système, et la différence d'âge est, peut-être, cause qu'ils ne se rapprochent jamais de vous que par des sacrifices ; or il n'y a que l'égoïsme qui sache s'arranger du bonheur avec ce mot-là.

Quel que soit le dévouement des enfants sensibles et respectueux, les nouveaux penchants, les nouveaux devoirs qui les attirent donnent à leurs parents une humeur secrète qu'ils éprouveront toujours, parce qu'ils ne se l'avoueront jamais. Quand les parents aiment assez profondément leurs enfants pour vivre en eux, pour faire de leur avenir leur unique espérance, pour regarder leur propre vie comme finie, et prendre pour les intérêts de leurs enfants des affections personnelles, ce que je vais dire n'existe point ; mais lorsque les parents restent dans eux-mêmes, les enfants sont à leurs yeux des successeurs, presque des rivaux, des sujets devenus indépendants, des amis, dont on ne compte que ce qu'ils ne font pas, des obligés à qui on néglige de plaire, en se fiant sur leur reconnaissance, des associés d'eux à soi, plutôt que de soi à eux ; c'est une sorte d'union dans laquelle les parents, donnant une latitude infinie à l'idée de leurs droits, veulent que vous leur teniez compte de ce vague de puissance, dont ils n'usent pas après se l'être supposé ; enfin, la plupart ont le tort habituel de se fonder toujours sur le seul obstacle qui puisse exister à l'excès de tendresse qu'on aurait pour eux, leur autorité ; et de ne pas sentir, au contraire, que dans cette relation, comme dans toutes celles où il existe d'un côté une supériorité quelconque, c'est pour celui à qui l'avantage appartient que la dépendance du sentiment est la plus nécessaire et la plus aimable. Une très grande simplicité dans le caractère de vos parents, ou une supériorité si marquée que leurs enfants soient heureux d'entretenir avec eux plutôt un culte qu'une liaison, peuvent détruire ces observations, mais c'est aux situations les plus communes qu'elles s'appliquent.

Dans la seconde supposition, peut-être la plus naturelle, le sentiment maternel, accoutumé par les soins qu'il donne à la première enfance à se passer de toute espèce de retour, fait éprouver des jouissances très vives et très pures, qui portent souvent tous les caractères de la passion, sans exposer à d'autres orages que ceux du sort, et non des mouvements intérieurs de l'âme ; mais il est si tristement prouvé que, dès que le besoin de la réciprocité commence, le bonheur des sentiments s'altère, que l'enfance est l'époque de la vie qui inspire à la plupart des parents l'attachement le plus vif, soit que l'empire absolu qu'on exerce alors sur les enfants les identifie avec vous-mêmes, soit que leur dépendance inspire une sorte d'intérêt, qui attache plus que les succès mêmes qu'ils ne doivent qu'à eux, soit que tout ce qu'on attend des enfants alors, étant en espérance, on possède à la fois ce qu'il y a de plus doux dans la vérité et l'illusion, le sentiment qu'on éprouve, et celui qu'on se flatte d'obtenir. Bientôt les événements dans leur réalité nous présentent nos enfants élevés par nous, pour d'autres que pour nous-mêmes, s'élançant vers la vie, tandis que le temps nous place en arrière d'elle, pendant à nous par le souvenir, aux autres par l'espérance ; quels parents sont alors assez sages pour considérer les passions de la jeunesse comme les jeux de l'enfance, et pour ne pas vouloir occuper plus de place parmi les unes que parmi les autres ?

L'éducation, sans doute, influe beaucoup sur l'esprit et le caractère, mais il est aisé plus d'inspirer à son élève ses opinions que ses volontés ; le *moi* de votre enfant se compose de vos leçons, des livres que vous lui avez donnés, des personnes dont vous l'avez entouré, mais quoique vous puissiez reconnaître partout vos traces, vos ordres n'ont plus le même empire ; vous avez formé un homme, mais ce qu'il a pris de vous est devenu lui, et sert autant que ses propres réflexions à composer son indépendance : enfin, les générations successives étant souvent appelées par la durée de la vie de l'homme à exister simultanément, les pères et les enfants, dans la réciprocité de sentiments qu'ils veulent les uns des autres, oublient presque toujours de quel différent point de vue ils considèrent le monde ; la glace, qui renverse les objets qu'elle présente, les dénature moins que l'âge qui les place dans l'avenir ou dans le passé.

Il n'est rien qui exige plus de délicatesse de la part des parents que la méthode qu'il faut suivre pour diriger la vie de leurs enfants sans aliéner leur cœur ; car il n'est pas même possible de sacrifier leur affection à l'espoir de leur être utile, toute influence durable sur la conduite finissant avec le pouvoir du sentiment, le point juste n'est presque jamais atteint dans cette relation. La tendresse des enfants pour leurs parents se compose, pour ainsi dire, de tous les événements de la vie ; il n'est point d'attachement dans lequel il entre plus de causes étrangères à l'attrait du cœur, il n'en est donc point dont la jouissance soit plus incertaine. La base principale d'un tel lien, l'ascendant du devoir et de la nature, ne peut être anéantie ; mais dès qu'on aime ses enfants avec passion, on a besoin de toute autre chose que de ce qu'ils vous doivent, et l'on court, dans son sentiment pour eux, les mêmes chances qu'amènent toutes les affections de l'âme ; enfin, ce besoin de réciprocité, cette exigence, germe destructeur du seul don céleste fait à l'homme, la faculté d'aimer, cette exigence est plus funeste dans la relation des parents avec les enfants, parce qu'une idée d'autorité s'y mêle, elle est donc par la même raison plus funeste et plus naturelle ; toute l'égalité qui existe dans le sentiment de l'amour suffit à peine pour éloigner de son exigence l'idée d'un droit quelconque ; il semble que celui qui aime le plus, par ce titre seul, porte atteinte à l'indépendance de l'autre ; et combien plus cet inconvénient n'existe-t-il pas dans les rapports des parents avec les enfants ? Plus ils ont de droits, plus ils doivent éviter de s'en appuyer pour être aimés, et cependant dès qu'une affection devient passionnée, elle ne se repose plus en elle-même, il faut nécessairement qu'elle agisse sur les autres.

La tendresse conjugale, lorsqu'elle existe, donne, ou les jouissances de l'amour, ou celles de l'amitié, et je crois avoir déjà analysé les unes et les autres ; il y a dans ce lien cependant quelque chose de particulier, en bien et en mal, qu'il faut examiner. Il est heureux, dans la route de la vie, d'avoir inventé des circonstances qui, sans le secours même du sentiment, confondent deux égoïsmes au lieu de les opposer ; il est heureux d'avoir commencé l'association d'assez bonne heure pour que les souvenirs de la jeunesse aidassent à supporter, l'un avec l'autre, la mort qui commence à la moitié de la vie ; mais indépendamment de ce qu'il est si aisé de concevoir sur la difficulté de se convenir, la multiplicité des rapports de tout genre qui dérivent des intérêts communs offre mille occasions de se blesser qui ne naissent pas du sentiment, mais finissent par l'altérer. Personne ne sait à l'avance combien peut être longue l'histoire de chaque journée, si l'on observe la variété des impressions qu'elle produit, et dans ce qu'on appelle avec raison, le *ménage*, il se rencontre à chaque instant de certaines difficultés qui peuvent détruire pour jamais ce qu'il y avait d'exalté dans le sentiment ; c'est donc de tous les liens celui où il est le moins probable d'obtenir le bonheur romanesque du cœur ; il faut pour maintenir la paix dans cette relation une sorte d'empire sur soi-même, de force, de sacrifice, qui rapproche beaucoup plus cette existence des plaisirs de la vertu, que des jouissances de la passion.

Sans cesse la main de fer de la destinée repousse l'homme dans l'incomplet ; il semble que le bonheur est possible par la nature même des choses, qu'avec une telle réunion de ce qui est épars dans le monde, on aurait la perfection désirée ; mais dans le travail de cet édifice, une pierre renverse l'autre, un avantage exclut celui qui doublait son prix ; le sentiment dans sa plus grande force est exigeant par sa nature, et l'exigence détruit l'affection qu'elle veut obtenir. Souvent l'homme, inconséquent dans ses vœux, s'éloigne seulement, parce qu'il est trop aimé, et se voyant l'objet de tous les dévouements et de toutes les qualités, confesse que l'excès même de l'attachement suffit pour effacer la trace de ses bienfaits. Quel conseil, quel résultat tirer de ces réflexions ? La conclusion que j'ai annoncée, c'est que les âmes ardentes éprouvent par l'amitié, par les liens de la nature, plusieurs des peines attachées à la passion, et que par-delà la ligne du devoir et des jouissances qu'on peut puiser dans ses propres affections, le sentiment, de quelque nature qu'il puisse être, n'est jamais une ressource qu'on trouve en soi ; il met toujours le bonheur dans la dépendance de la destinée, du caractère, et de l'attachement des autres.

ACHEVÉ D'IMPRIMER
EN SEPTEMBRE 2022 PAR
L'IMPRIMERIE
ROUDENNGRAFIK
FRANCE

Dépôt légal : SEPTEMBRE 2022